TU NE DORS PAS, PETIT OURS ?

Texte de Martin Waddell
Illustrations de Barbara Firth

Pastel
lutin poche de l'école des loisirs
11, rue de Sèvres, Paris 6ᵉ

Il était une fois deux ours.

Grand Ours et Petit Ours.

Grand Ours était le grand ours et Petit Ours était le petit ours.

Toute la journée, ils avaient joué dehors et profité des rayons du soleil.

Le soir venu, quand le soleil disparut à l'horizon,

Grand Ours emmena Petit Ours chez eux, dans leur grotte.

Grand Ours mit Petit Ours au lit, dans la partie la plus sombre de la grotte. «Maintenant, tu dois dormir, Petit Ours», dit-il.

Petit Ours essaya de s'endormir.

Grand Ours s'installa dans son grand fauteuil d'ours et se mit à lire une histoire d'ours à la lumière des flammes.

Petit Ours ne parvenait pas à s'endormir.

«Tu ne dors pas, Petit Ours?»
demanda Grand Ours. Il déposa son livre (cette histoire d'ours
commençait justement à devenir intéressante) et se pencha
au-dessus du lit de Petit Ours.

«J'ai peur», dit Petit Ours.

«Pourquoi as-tu peur, Petit Ours?» demanda Grand Ours.

«Je n'aime pas le noir», dit Petit Ours.

«Le noir? Où ça?» demanda Grand Ours.

«Tout autour de nous»,
répondit Petit Ours.

Grand Ours jeta un coup d'œil et vit que la partie sombre de la grotte était vraiment très sombre.

Il ouvrit l'armoire à lanternes et choisit la plus petite des lanternes.

Grand Ours alluma la minuscule lanterne et la déposa près du lit de Petit Ours.

«Voici une jolie petite lumière pour t'empêcher d'avoir peur, Petit Ours», dit Grand Ours.

«Merci, Grand Ours», dit Petit Ours en se pelotonnant le plus près possible de la petite lumière.

«Maintenant, il faut dormir, Petit Ours.» Grand Ours retourna dans son fauteuil d'ours et, à la lueur des flammes, se remit à lire son histoire d'ours.

Petit Ours essayait de s'endormir, mais il n'y parvenait pas.

«Tu ne dors pas, Petit Ours?» demanda Grand Ours en bâillant.

Il redéposa son livre (encore quatre pages pour savoir comment l'ours de l'histoire allait s'en tirer) et, à pas d'ours, retourna près du lit de Petit Ours.

«J'ai peur», dit Petit Ours.

«Pourquoi as-tu peur, Petit Ours?» demanda Grand Ours.

«Je n'aime pas le noir», dit Petit Ours.

«Le noir? Où ça?» demanda Grand Ours.

«Tout autour de nous», répondit Petit Ours.

«Mais je t'ai apporté une lanterne!» dit Grand Ours.

«Une toute petite minuscule lanterne!» dit Petit Ours.

«Et il y a beaucoup de noir, beaucoup, beaucoup!»

Grand Ours regarda autour de lui et se dit que Petit Ours avait raison.

Il faisait encore vraiment très sombre. Dans l'armoire à lanternes, Grand Ours choisit une lanterne plus grande.

Il l'alluma et la déposa à côté de la petite.

«Maintenant, il faut dormir, Petit Ours», dit Grand Ours.

Il retourna dans son fauteuil d'ours et, à la lueur des flammes,

se remit à lire son histoire d'ours.

Petit Ours essayait de s'endormir, il essayait très fort

mais n'y parvenait pas.

«Tu ne dors pas, Petit Ours?»,
grogna Grand Ours en déposant
une nouvelle fois son livre
(plus que trois pages pour
connaître la fin de l'histoire).

Il se pencha au-dessus du lit
de Petit Ours.

«J'ai peur», dit Petit Ours.

«Pourquoi as-tu peur, Petit Ours?» demanda Grand Ours.

«Je n'aime pas le noir», dit Petit Ours.

«Le noir? Où ça?» demanda Grand Ours.

«Tout autour de nous», dit Petit Ours.

«Mais je t'ai apporté deux lanternes!» dit Grand Ours,
«une toute petite et une plus grande.»

«Pas si grande que ça», dit Petit Ours.

«Il y a encore vraiment beaucoup de noir!»

Grand Ours réfléchit, retourna vers l'armoire à lanternes et prit la plus grosse d'entre elles. Une lanterne vraiment très grande avec deux poignées et une chaîne. Grand Ours la suspendit au-dessus du lit de Petit Ours.

«Cette fois, je t'ai apporté la plus grosse de toutes les lanternes», dit-il à Petit Ours. «J'espère que tu n'auras plus peur, maintenant!»

«Merci, Grand Ours», dit Petit Ours. Il se recoucha confortablement et observa la danse des ombres dans la lumière.

«Maintenant, tu dois dormir, Petit Ours», dit Grand Ours.

Il retourna s'installer dans son fauteuil d'ours et, à la lueur des flammes, poursuivit la lecture de son histoire d'ours.

Petit Ours essayait de s'endormir.

Il essayait de toutes ses forces,

mais en vain.

«Tu ne dors pas, Petit Ours?» soupira Grand Ours
en déposant de nouveau le livre
qu'il aurait tant voulu finir
tranquillement.

« J'ai peur », dit Petit Ours.

« Pourquoi as-tu peur, Petit Ours ? » demanda Grand Ours.

« Je n'aime pas le noir », dit Petit Ours.

« Le noir ? Où ça ? » demanda Grand Ours.

« Tout autour de nous », répondit Petit Ours.

« Mais je t'ai apporté la plus grosse des lanternes », dit Grand Ours.

« Il ne fait plus noir du tout, maintenant. »

« Si, il fait noir », dit Petit Ours. « Là-bas, il fait très noir ! »

Et il montra l'entrée de la grotte.

Petit Ours avait raison et Grand Ours était bien ennuyé.

Toutes les lanternes du monde ne suffiraient pas à éclairer la nuit.

Grand Ours réfléchit très longtemps, puis il dit :

«Viens, Petit Ours.»

«Où allons-nous?» demanda Petit Ours.

«Dehors», répondit Grand Ours.

«Dans le noir?» demanda Petit Ours.

«Oui», dit Grand Ours.

«Mais j'ai peur du noir!» dit Petit Ours.

«Tu as tort», dit Grand Ours. Et il prit Petit Ours par la patte et l'emmena dehors, dans la nuit.

Il faisait...

NOIR!

«Ooooh! j'ai peur», dit Petit Ours en se serrant
tout contre Grand Ours.

Grand Ours le prit dans ses bras et le berça
tendrement.

«Regarde le noir, Petit Ours, regarde», dit-il.

Et Petit Ours regarda.

« Je t'ai apporté la lune, Petit Ours », dit Grand Ours.

« Je t'ai apporté la lune et des milliers d'étoiles. »

Mais Petit Ours ne répondit pas,
car il s'était assoupi dans les bras de Grand Ours.

Alors, Grand Ours ramena Petit Ours dans la grotte.

Il avait bien sommeil, lui aussi.

Il s'installa confortablement près du feu, dans son grand fauteuil
d'ours, Petit Ours dans un bras, son histoire d'ours dans l'autre.

Et Grand Ours lut son histoire jusqu'à la…